KB136633

내 영혼에 집이 있어

내 영혼에 집이 있어

김정덕 시집

그린아이

밤이 별들을 필요로 하듯이 사회는 시인들을 필요로 한다는 말이 있다. 얼핏 생각하면 경제 위기를 만난 시대에도 과연 우리 사회에 시인이 필요한가라고 질문할 수도 있다. 먼저 빵이 해결되어야지 무슨 시냐라고 생각할 수도 있다는 것이다.

그러나 인간은 단지 먹고 마시며 사는 것으로 만족하는 존재가 아니라 생각하고, 관찰하고, 느끼며, 기도하고, 호소하는 유일한 피조물이다. 그래서 예술가나 문학가는 경제논리로 보면 생산적인 사람이 아니나 가치의 논리, 감동의 논리, 품격의 논리로 보면 반드시 필요한 사람들이다.

김정덕 목사님은 현실적인 면에서 판단하자면 욕심이 없는 목회자이다. 큰 목회를 해서 인정받고, 높은 신분을 차지하여 자신을 자랑하려는 생각이 전혀 없는 분이다. 그야말로 세상의 부귀영화, 출세, 권력, 명예와는 거리가 멀어도 아주 먼 사람이다. 그런 점에서 진정한 시인의 자격을 갖추었다고 확신한다.

내가 존경하는 스승이신 신학자 한 분이 계신데, 자신은 더 이상 신학 책을 쓰지 않겠다고 하신다. 이미 훌륭한 책이 많이 있고, 내가 지금 깨달은 진리가 이미 오래 전에 다 기록되어 있다는 것이다. 그래서 또 책을

써서 신학적 공해를 일으키지는 않겠다는 것이다. 내 생각에는 그분이야말로 책을 쓰셔야 할 분인데 너무 안타깝다.

김정덕 목사님도 아마 마음속으로 나까지 시집을 내야 하는가? 하고 고민하셨을 것 같다. 김 목사님의 문학적 실력이 어떤지, 시인으로서의 자질이 어떤지는 잘 모르나 시인으로서의 자격 하나만큼은 제대로 갖추었다고 본다. 그분은 마음이 항상 순수하고, 바른 것을 추구하며, 질서와 예절을 중시하는 삶을 살아왔다는 점을 나는 인정한다. 그래서 김 목사님의 시는 공해가 아니다. 공기를 시원하게, 마음을 깨끗하게 해 주는 시이다.

나는 김정덕 목사님의 시집이 출간된다는 소식에 큰 기대를 가지고 진심으로 또한 충심으로 축하하며 주님께 영광을 돌리는 바이다.

*필자의 은사이신 학개 박해경 목사님은 참 정갈하신 분이다. 말이 그렇고, 생김이 그렇고, 삶이 그렇다. 그분은 목회자이면서 또한 신학자로서 평생을 안양대학교, 아세아연합신학대학교, 백석대학교 등 여러 신학교에서 조직신학을 강의하셨다. 교수직을 정년퇴직한 지금도 문형장로교회를 담임하시면서 틈틈이 후배들을 모아 가르치기를 계속하고 계신다.

늦게나마 시집을 상재할 수 있도록 인도하신 하나님의 은혜에 감사드린다.

돌아보면 시인이라는 이름으로 등단한 지도 22년이 되었다. 나름대로 부끄럽지 않으려고 많이 애를 썼다. 그러나 나이들수록 인생이란 결국 별수없는 존재요 거기서 거기인 것을 깨닫는다. 어쩌면 시집 한 권 없는 시인으로 남을 수도 있겠다는 초조감에 시달렸다. 결국 완벽할 수 없다면 이쯤에서 내 미숙함을 인정하고 그대로 내보일 때가 되었다는 생각이다.

시를 쓴다는 것은 하나님 앞에서, 그리고 사람들 앞에서, 또한 나 자신에게 솔직해지는 일이다. 여태껏 내 부족함을 있는 그대로 보여줄 만한 용기가 없었다. "가을이 오면 왠지 딱히 지은 죄도 없는데 가을에게 부끄러워진다."고 한 어느 시인의 말처럼 참말이지 가을이 되니 나는 별로 해 놓은 게 없는 것 같아서 부끄럽다.

내가 처음으로 『문학춘추』를 통해 등단하던 그날의 그 흥분과 설렘을 회상하면서, 시집온 지 22년 만에 첫 아이를 낳는 며느리의 심정으로 이 졸저를 펴낸다. 부디 읽는 독자들 가운데 몇 분이라도 가끔 생각나서 다시 슬그머니 꺼내 보는 그런 정도의 시가 몇 편이라도 있었으면 좋겠다. 시詩란 본디 '사원의 말'이란 의미이다. 그러니까 말言과 사원寺이 합해진 말이다. 절간에서 조용히 묵상하는 언어가 시인 것이다. 그런데 여기서 사원이 꼭 사찰이나 예배당일 수는 없다. 저마다의 독방이나 마음자리가 사원이다. 5G시대를 사는 현대인들의 가장 큰 약점은 명상과 자기성찰이 없는 것이다. 너무 빨리만 달리다 보면 세미한 기쁨과 의미를 놓쳐버리게 된다. 좀 천천히 가더라도 기억할 만한 것들은 도망가지 않도록 붙잡아두고 곱씹으면서 살았으면 좋겠다.

내 작품의 상당수는 유년의 이미저리와 맞닿아 있다. 특히 내 고향 '경상북도 상주군 낙동면 용포리 11번지'는 내 마음의 고향이다. 봄이면 복사꽃이 흐드러지게 만발하던 무릉도원, 내 고향집 복숭아 과수원과 그 앞을 흐르던 '이배미 냇가'는 영원히 마음속에 남아 있을 것이다. 그래서 제1부 '이배미 냇가'는 유년시절의 추억을 노래한 것이고, 제2부 '담쟁이덩굴'은 생활 속에서 성찰하며 발견한 지혜의 조각들이다. 제3부 '피아골 드라이브'는 여행을 하거나 몸을 흔들면서 떠오른 이미지들이다. 그리고 제4부 '내 영혼에 집이 있어'는 내 가족이나 집안일과 관계되는 사적인 공간에서의 느낌들과 신앙적인 내용들을 함께 모은 것이다.

그동안 평생을 장남 맏아들을 위해 기도해 오신 어머니를 생각한다. 90이 넘으신 어머니가 아직 살아계셔서 이 책을 드릴 수 있어서 너무 기쁘다. 그리고 가난한 목회자에게 시집와서 한평생 힘든 목회의 현장에서 희로애락을 같이하며 옆자리를 지켜준 사랑하는 아내에게 진심으로 고마움을 전한다. 그리고 눈에 넣어도 아프지 않을, 하나님이 주신 선물인 두 자녀 신혜·신우와, 늘 곁에서 지지하고 밀어주는 누님과 동생들, 그리고 영신중앙교회 성도들에게 고마움을 전한다.

끝으로 축하의 글을 부쳐주신 존경하는 박해경 목사님과 부끄러운 졸저를 꼼꼼히 살피며 깊이 있는 해설을 부쳐주신 존경하는 김지원 목사님께 감사드린다.

여기에 실은 74편의 시들은 잘났거나 못났거나 다 사랑스런 내 정신의 딸들이다. 모쪼록 이 작은 시집이 하나님과 사람 앞에 오래도록 기억되기를 기도한다. 샬롬! 샬롬!

2021년 늦은 가을에
평택 우거에서

차례

【제1부】 이배미 냇가

【제3부】 피아골 드라이브

제1부
이배미 냇가

이배미 냇가

그날을 찾아가면
이배미 냇가*에는
머슴애 하나 고무신 신고
소먹이러 나옵니다

"아직 내가 여기에 살고 있다고
아무에게도 말하지 마"

빨리 어른이 되려는 아이는
좀처럼 자라지 못하고
제 키만큼 돌담만 쌓습니다

어머니 같은 하늘에서
비가 내립니다
머슴애는 비닐우산 활짝 펴고
피어오르는 무지개를 잡으려 합니다

반짝이는 물의 세포는 37.5도
햇볕 달궈진 바위가 젖습니다

패랭이꽃 사이에서 풀을 뜯는

암소의 잔등이 젖습니다.

*이배미 냇가 : 경북 상주군 낙동면 용포리에 있는 개천.
　　　　　 필자의 어릴 적 살던 고향집 앞을 흐르던 개울이다.

추억 11

따스하게 젖는다
가만가만 두드리며
하늘에서 떨어지는 무수한
물방울들
지상에 널브러져
햇볕 달궈진 껍질들을
적신다
내 작은 돌담이 젖고
비닐우산이 젖고
풀을 뜯는 소의 잔등이 젖는다

세상 모든 껍질들이
보드랍고 얇은 사랑스러운 것들이
한꺼번에 젖는다.

패랭이꽃

복숭아 과수원 외딴집 앞으로
시냇물 하나 흐르고 있었다
모래밭 따라 융단처럼 잔디를 깔고
빨간 패랭이꽃 하나 둘
하늘하늘 피어 있었다
온종일 아무데도 안 가고 앉아서
바람이 와서 슬며시 건들면
설핏 보랏빛 미소를 보이고
냇물이 속삭이면 가만가만 머리 흔드네
땡벌이 와서 왱왱거리면
수줍은 얼굴로 눈 붉히네

그대 그리운 날은 용포에 가서
온종일 패랭이꽃만 바라보고 싶다.

맨드라미

외갓집 사랑채 돌담 곁에서
닭벼슬처럼 탐스럽게
핏빛으로 피어나고 있었다

보랏빛 줄기에 솜털이 나고
빨간 모자를 쓴 공주같이
가을이 오면 그 자리에 피어 있었다

세월이 갈수록 붉어지는 그리움에
모가지를 꼿꼿이 쳐들지만
서먹하니 아무 말도 못하면서.

장마

늦여름 며칠을 연신 비가 내리고
용포리 11번지 복숭아 과수원
그 아늑한 초가삼간
방바닥에 배 붙이고 엎드려 있다
추녀 끝에 주룩주룩 떨어지는
장맛비를 그윽이 바라보았다
천지가 캄캄해지고 땅이 꺼질 듯
억수로 낙하하는 물들의 공습
하늘에서 떨어진 물고기 한 마리
물바다가 된 마당 복판에서 퍼덕이고
아직 설익은 풋풋한 얼굴들
백도, 황도, 개복숭들이
멱감은 알몸으로 사방에서 달려든다

빗물이 도랑에 넘쳐 도도히 흐르면
신이 난 삼형제는 목청껏
서울에 있다는 한강 만세를 불렀다.

박태비* 생각

아무런 욕심도 없이
죽지 못해 살았을 테지만
사는 동안 8할이 거지였던
박태비를 손가락질하지 않았다

복사꽃 필 무렵 부르는 듯
가물가물 하늘 밑으로 와서
땟국물 흐르는 웃음으로
박태비는 태연했다
누더기로 감싼 비밀한 내력
그 유일한 쪽박에
식은밥 한 주걱이면
지상에서 가장 행복한 밥상이다

밥벌이도 않고 밥값도 없이
무시당하는 걸 우습게 여기며
가난할 수 있는 용기 하나로
정처 없이 떠돌며
살아 있던 박태비.

*박태비 : 필자가 어릴 적에 고향 마을에 살았던 과부 거지였다.
　　　　태봉에서 시집와서 일찍 남편을 여의고 자식도 없이 걸식
　　　　하던 '박 태봉네'를 사람들은 '박태비'라고 불렀다.

밤꽃 그늘 아래

용포에서 어구산 가는 길
열두방머리 돌아 석거실 너머
밤꽃 그늘 아래 앉아
머리 풀어 빗으시던 할머니
평생 버스 한 번 못 타보고
지팡이 짚고 걷기만 하신 할머니
가다가 쉬고, 타박타박 가다가 쉬고

유성기留聲機 노랫소리 들리면
그 안에 사람들이
퍽 여럿 들었나 보다 하시며
주름진 얼굴 가득 퍼지던
그 기막힌 파안대소破顔大笑
다 잘될 것이다
뭐든 맛있게 먹어라 하시며
손톱으로 짠지 찢어 잡수시던 할머니는
참 무병장수無病長壽하셨네

오늘도 밤꽃 그늘 아래

내 그리운 할머니
머리 풀어 빗으며 웃고 계시네.

복숭아 과수원

이배미 우리집은 복숭아 과수원이었다
별 총총 빛나는 여름밤이면
웃면 4구역 처녀 총각들
겉보리 두 되, 나락 한 되
보자기에 싸들고 복숭아 사러 왔었다
삼삼오오 들마루에 앉아 노닥거리면
문화와 예술을 사랑하는 면민面民 여러분을
초대하는 가설극단 확성기 소리 들리고
누가 누구랑 붙어먹었느니
수군거리다가 대판 싸움이 나고
안방에 누워 잠자코 엿들으시던
병든 아버지 헛기침 소리에
쉬쉬하고 슬금슬금 돌아가던
볼그족족한 처녀 총각들
그렇게 복숭아 내음에 중독된 시절
이배미 우리집은 복숭아 과수원이었다.

샘물

큰집 뒤꼍에 있는 샘물은
하늘 보고 입을 벌린 목숨이었어
모진 가뭄에도 대문 없는 인심
온 동네 사람들이 길어다 먹고
하늘 질러가는 구름도 쉬어가곤 했지
들일 갔다 흙투성이로 돌아와
낯바닥 비쳐보며 멋쩍게 웃었어
시도 때도 없이 퍼마셔도
빈 바가지로 늘 준비된 기다림
한없이 넓은 마음이었어

내 마음속에도 그런 샘물 하나 있어
목마를 때마다 퍼마시고 싶어
누구나 찾아와 마셔도 좋은
가랑잎 떠도는 샘물이고 싶어.

사까루* 할매

가끔 찾아오시던 사까루 할매는
한 번도 사카린을 팔지 않았다
먹던 반찬에 밥상 차려 드리면
한 술 자시고 보따리 풀어제치고 허허
파안대소하며 읊조리던 말씀
져라, 져라, 오쟁이를 져라
자라, 자라, 버드나무 밑에서 낮잠이나 자라
그러면서 다녀가시던 사까루 할매는
동네 사람들이 새로 지어준 초막에
버드나무 밑 그 새 집에서
몇 해나 더 사셨는지 가물가물
희미하게 떠오르는 그 고운 주름살.

*사까루 : 1960년 어간에 경북 상주 지방에서는 인공 감미료인
        '사카린'을 '사까루'라고 불렀다.

새순의 기도

창을 열면 아침 햇살에
빨갛게 세수한 복숭아 새순이
눈을 뜨고 노려보곤 했다

천지가 눈으로 덮여 눈부시던 날
날밤새우며 마침내 철철
눈물 흘리던 핏발선 눈초리

내 컴컴한 건넌방에
갇혀보지 않고는 모르리
밤새 살아나려고 파르르 떨던
차디찬 외톨이 새순의 기도를

자박자박 문턱을 넘어드는 갓밝이
그 꼿꼿한 빛의 날줄을 따라
낮은 포복으로 오르던 동경 128.2도
창문 열어둔 채 하늘 가신
아버지의 아침 회초리.

밤마실

밤마실 골목에는
어둑어둑 불그스름한 기운이
도깨비에 홀린 듯
패거리로 몰려다닌다

열대여섯 머슴애들
와자지껄 지나가고
스물두서넛 총각들
휘파람 불며 서성거리고
서른예닐곱 아저씨들
감나무 밑에 모여 앉아
농사 얘기에 헛기침하면
하나 둘 풋감이 떨어져

쉰이 넘은 어르신들
솔밭에 멍석 깔고 앉아서
긴 대꼬바리 담배 피우며
객지 나간 자식 자랑

말똥말똥 여름밤은 깊어가고
깜박깜박 북두칠성이 졸고.

독골 나무꾼

독골에는 나무꾼만 있습니다
어디에도 선녀는 없습니다
지게지고 숨가쁘게 오르면
웃자란 갈대숲만 무성하고
놀란 까투리 푸드득 날아오르고
짙푸르게 살아 있는 솔숲 아래로
켜켜이 쌓인 낙엽, 부러진 삭정이
이 고즈넉한 나무들의 저승
잘 죽었으니 마음껏 가져가라 합니다
나무 한 짐 짊어지고 일어서면
산밑에서 위로 북받치는 골바람
하늘 가득 날개옷 너풀거리는
갑장산 닮은 검독수리 한 마리.

비 오는 날 오후

부슬부슬
비 오는 날이면
도랑 건너 운호네 집 가서
사랑방 아랫목에 누워
정비석의 '자유부인'이나 읽자
읽다가 심심해지면
쇠죽 끓인 아궁이불에
고구마 묻어 구워 먹자
옆집 석출이 불러오고
뜨개질하는 순이 꼬여내어
민화투 치며 내기할까
점방 가서 건빵도 사고
빈대떡 한 판 부쳐 먹고
마구간의 암소가 하품하는
해거름, 욱이네 굴뚝엔
저녁연기 모락모락 피어나는
부슬부슬
비 오는 날 오후.

학창 일기

교실에는 왜 유리창이 많은지
그때는 미처 몰랐어요

유리창 밖 쪽빛 하늘
뭉게구름 깃털이 꿈결 같고
화학 선생님 강의가 두런두런
자장가로 흩어지는 제3교시
투명한 알콜같이
깡그리 증발하던 시절

수업 끝나면 어디로 갈까
로그 함수, 원소기호, 청산별곡은
책가방에 꼭꼭 숨겨두고
비에 젖은 운동장 팔자걸음 걸으며
'나나 무수쿠리'의 노래를
고개 젖히며 음미하던 멜랑콜리

이젠 반환점 돌아선 초조한 나이
빛바랜 앨범 속에 박제된

동기들 얼굴이 살아온다 해도
그 철없음을 돌이킬 수 있다 해도
여전히 자신이 없습니다
대책 없이 저당잡힌 시절

교실에는 왜 유리창이 많은지
그때는 미처 몰랐어요.

조각배의 꿈

마음속 수채화 하나 그리고 싶어서
물가에 나가기를 여러 번 했네
시를 쓰려다 문득 사치스런 허영 같아
그만두기도 여러 번 했네
그 맑은 햇살이 굴절되는 세월이 두렵네
사랑하는 이가 미워지고 안색이 어두워질 때
사는 일이 쓸쓸할 때면 이배미 냇가로 도망했네
굳은 마음 껍데기로 조각배 만들어
냇물에 띄우고
푸른 파도를 넘어
바람에도 담대히 항해하리라 꿈꾸던
어릴 적 아련함이 아직도
이배미 어디쯤에 흐르고 있을 것이네
좀처럼 잡히지 않는 무지개가
자꾸만 나를 실망시키네
갑자기 역풍이 불면 힘에 겨워 휘청이네
그러나, 정말로 나는 사랑하네
마침내 이루어질 꿈들과 그 잔잔한 물살을
그렇게 창창히 흘러서 진실할 수 있기를.

밭갈이 회상

살기가 힘들다 싶으면
다시 가서 밭을 갈아보고 싶다
차돌박이 비탈진 수수밭이거나
아지랑이 아물대는 과수밭이거나

소에 쟁기 메워 고삐를 당긴다
이랴 오도도 야로 워워
늙은 소는 젖은 눈 껌뻑이며
가라 하면 가고 서라 하면 선다
은빛 눈부신 반달 같은 보습
흙의 속살을 파헤쳐 뒤집는다
귀밑머리 스치는 상큼한 바람에
맨발로 흙고랑 밟아 가면
아! 황홀한 본향의 감촉이여!

여백

종이 시집에는
하얀 여백이 많아서 좋다

그래서 시시해 보이는
시력이라면 시집을 덮으라
여백에 감추인 물기와
향기를 볼 줄 알아야
시를 좀 아는 것이다

글줄의 이랑과 고랑 사이
어디쯤에서 시가 익는다.

제2부

담쟁이덩굴

4월의 가로수

한참을 보아도
비에 씻기운 가지 끝에
파릇파릇 새싹 틔우는 가로수는
한 줄로 서서 기도하고 있네
소란한 도심의 길가에 서서
그렇게 경건할 수 있다니
살을 에는 바람에 몸서리를 치며
하늘 향해 두 손 모으고
아버지의 나라를 맞이하고 있네

타고르의 말이 귀를 스치네
"쉿, 조용히 하게."
"저기 나무들이 기도하고 있네."

6월의 논바닥

전라선 차창 밖으로
힘없고 작은 것들이
종아리 걷고 줄서는
6월의 논바닥

아우성치며 레일을 달리는
쇠바퀴보다 더 강하게
온 들판을 울리며
일어서고 싶어

푸르게 다시 푸르게
하늘 머금고 엎드려
가만히 뿌리박고 있다
어린 6월의 논바닥.

자전거 타기

바퀴를 따라 감겨오는 일상이
몸속을 휘돌아
뒤로 달아나고 있다
쉴새없이 페달을 밟으며
일정한 속도를 유지하기 위해
나는 거의 고통스럽다

외로이 허공을 삼키는 몸짓이여
가까스로 언덕 위에 오르면
어느새 내리막이다
체중의 무게 실은 세월에
가속도가 붙는다

달려도 달려가도
붙잡히지 않는 것들이
깃털처럼 가벼운 채로
낡은 들판 위에 머무르고 있다.

담쟁이덩굴

바람든 돌담에 기대어
허리 감은 매듭을 푼다
때로는 낮은 포복으로
비탈진 응달을 오르거나
쏟아지는 윤칠월 폭염에도
이마에 손 가리갤 없고
반짝이는 미소로 하늘을 본다

별 총총 수놓은 여름밤이 가면
수척한 사지에 핏줄이 돋고
한꺼번에 늙어 철들 것이다
꽃은 지고 가녀린 잎새는
바람을 이길 수도 없을 것이다

이제는 집착의 덩굴손을 놓고
시나브로 엽서를 띄운다
가을비에 물들며
다람쥐가 지나다 엿들어도 좋을
무수한 옛얘기를 잉태하고 싶다.

저녁 카페

아낌없이 낙하하는 햇발들
하루 종일 달려서
바닷가에 모였습니다

통유리를 휘감고
팽팽히 빛나는 그림자
어둠은 저만치 머물고

커피보다 뜨겁고 진하게
팔팔한 낮의 표정으로
말발이 튀는 해거름.

미아

숲이 사라진 공사판에
어린것이 두리번거린다
내 집은 어디로 갔을까
아파트로 둘러싸인 마을
계속 아파트만 짓는데
벌거벗은 신도시의 벌판
어디에도 내 집은 없다
뿔도 없이 작고 여린 몸
검은 아스팔트 가운데서
헤드라이트 불빛에
혼이 나간 무표정
나는 나는 어디로 갈까.

새똥 맞은 날

마른하늘에 날벼락이듯
느닷없이 새똥을 맞은 적이 있다
건조한 이마에 차가운 똥물이
화들짝 정신들게 했다

늘 높은 데로만 다니던
저 대가리 새파란 녀석이
도대체 나와 무슨 상관이라서
무례히 함부로 싸지르고 가는가
온종일 곱씹으며 생각해본다

그렇지 저 녀석은 그저
천둥벌거숭이 같은 새일 뿐이려니
새똥 맞은 사람은 운수대통한다더라.

동백골 노송

동백골 지나다 소나기를 만나면
문득 마술에 걸린 듯
저수지 곁에 멈추어 서서
먼산바라기가 된다

아낌없이 쏟아붓는 하늘인데
자꾸만 밀리고 치우쳐
가장자리로 내몰리는 흐느낌
허공에 매달린 한 줄기 목숨이여
때로는 손놓고 온몸 던지며
울어라, 울어라, 원없이 울어라

갈바람에 부르튼 가시 돋친 세월
머리끝부터 발끝까지
속속들이 젖는다, 노송 한 그루.

가을 나무

뒤틀린 오후의 햇살이
저만치 멈춰서
나뭇가지 끝에 걸리고
가을 편지를 띄우는
마른 잎에선 그대
흙내음이 나네요

가만히 기대어 서면
바람소리 같은 속울음
두근대는 심장으로
우두커니 돌아서는 너.

그 대추나무

산 밑 미자네 집 가는 길에
그저 그렇게 서 있던 대추나무는
뭐 특별할 것도 없었는데
그 나무 가지 끝 하늘가에서
불그레 익어가던 대추알 서넛
세월이 갈수록 자꾸 생각납니다

도랑 건너 논길에 그 대추나무는
어린 내 걸음걸이를 기억해 줄까.

아침 산책

빛이 오기도 전에
어둠이 먼저 달아나고 있다
새와 바람과 이슬과
살아 있는 것들이 눈을 뜬다

산은 뒷짐지고 꼭대기에 앉아서
기를 쓰고 올라오는 사람들을 보고
"나도 이제 늙었나 보다" 한다

애들은 없고 거반 중년이다
나이들수록 다들 악착같이 사는데
무덤 속에 자는 이들은 오늘도
일어나지 않으려나 보다.

시를 기다리며

졸음 오는 창가에
가만히 왔다가 달아나는
보일 듯 말 듯한 네 얼굴의 실루엣

아직도 여린 가슴
너만 보면 자신이 없다
그 높은 콧대와 그윽한 미소에
자꾸만 말을 더듬고
똑바로 쳐다보지 못한 채
눈 비비고 얼굴 붉힌다

어느새 밤이 새려나
너는 어디쯤 있니.

문학한다는 것

이사할 때마다 버리지 못해서
싸들고 다니는 골동품같이
습작한 시편들을 모아두는 일,
깊은 밤 이불 뒤집어쓰고 고민하다가
날밤새우며 잔뜩 원고지를 찢어버리는 일,

그것이 돈이 되지 않는 걸 알면서도
늙지도 않고 불어대는 바람이다
호올로 깨어 있는 영혼의 빈터에
기웃기웃 서성이다 담을 넘는다
그리하여 다시 나의 시를 찾으러
신기동 27-8번지 동촌문학으로 간다
글쟁이 이선생이 허허 웃으며
잘 찾아보면 어디 시가 있을 거라고 한다.

참새

무서리가 내린 늦가을
앙상한 아카시아숲에서
참새는 참 행복하다

헐벗은 추위에도 아랑곳 않고
조그만 심장으로 파닥거리며
포롱포롱 날갯짓한다

아침은 무얼 먹었을까
겨울나기는 청풍명월에 맡긴 채
세상이 왜 그런지
해석하지 않는다

가시 돋친 마른 가지에
맨발로 앉아 있는 20g
쉴새없이 짹짹이는 참새는
오늘 아침 나에게
참사람이 되라고 한다.

누가 시인인가

요즈음 왜 그리 시인이 많은지요
너도 나도 시인이라고 합니다
하다못해 나 같은 사람도 더러
시인이라고 행세하고 다닙니다

아무리 봐도 시가 아닌 것을 시라고
여러 편 묶어서 시집이라고
내놓는 것을 보면서 나도
그런 뻔뻔한 짓을 하는가 싶어
여태 시집 한 권 없이 살았습니다
이렇게 쓰면 시가 되는지 모르지만
시라고 우기며 올려보는 것입니다

때로는 도통한 듯 고독한 체하구요
삶보다는 죽음에 더 가까워 보이는
같잖은 말투로 뭔가 있는 체하구요

그러나 아마도 아닐 것입니다

세상에 태어나서
시 한 줄 남기지 못하고
쓰기는커녕 읽을 줄도 모르는 채
그렇게 떠난다면 얼마나 슬픈가요
얼마나 무서운 일인가요

사람들은 모두 조금씩은
시인이면서 도통
시인이 아니기도 합니다
때로는 시집을 읽으며
그중 몇 편은 줄줄 외우지만
거기까지일 뿐입니다

읽고 쓰고 잊어버리다가
문득, 시가 마려워 몸서리를 치며
미쳐 발광하듯 날밤을
꼬박 새워 꽃망울 터뜨릴 때
남자도 여자도 시인이 됩니다.

쉬리의 나라

쉬리 영화를 보기까지
쉬리가 있는 줄도 몰랐다
따뜻한 남으로부터
울진, 삼척, 청진을 거슬러
6.25의 포화를 견디면서
휴전선 비무장지대
그 맑은 여울에 용케도 살았구나

갈색 머리 검은 등줄기
노란 줄무늬 옆구리에 두르고
토종 잉어 쉬리는
싸늘한 총부리 앞에
가늘고 긴 맨몸을 드러내고
겁없이 두 눈 껌벅이며
대를 이어 알을 까고 있다.

가을 프로필

호수를 걷다가 벤치에 앉아
지는 노을을 물끄러미 바라보는 것

오랫동안 연락 없던 옛친구에게
전화해서 한 시간쯤 수다를 떠는 것

주머니에 양손을 넣고 이리저리
낙엽진 거리를 배회하는 것

아흔이 넘으신 어머니 앞에
다소곳이 앉아 손톱을 깎아 드리는 것

물가 카페에서 투명 유리잔에
아메리카노 한 잔을 마시는 것.

하늘 소묘

학교 갔다 온
딸아이같이
햇살 비끼는 아파트 동 사이로
오후의 하늘은 말갛게
도화지를 편다
제멋대로 먹구름을 그리고
울부짖다 뚝 그치고
아무 일도 없었다는 듯
거미가 줄을 타고 올라가는
하늘

아무것도 하기 싫은 날에도
하늘은 처마 끝을
잘 마무리해 둔다.

그 여자의 사진

잘못 보았을까
아니다, 틀림없이 그 여자다

여러 사람의 시를 모아
편집한 시집 한 페이지
그 여자의 시가 끝나는 지점
맨 밑부분에 인쇄된 여자

1호선 전철 맨 끝자리에 앉아
저무는 햇살을 등지고
뭔가를 읽고 있는 그 여자
스트레이트 퍼머를 하고
슬쩍 훔쳐보는 사내의 시선에
읽히고 있음을 알면서도
턱을 괴고 아래로만 응시하던
단아하고 반듯한 여자
손 댄 흔적 없는 자연산
몰래 책갈피 속에 숨겨 두고 싶은.

소라 껍데기

밀리고 밀려서
바닷가 모래밭이다
너의 바다 나의 바다
어디로도 갈 수 없는 경계선이다
거친 파도에 닳고 닳아서
껍데기로만 남은 여기
코로나19가 쓸고 간 시간
벼랑 끝에 벗어두고 왔다
더 이상 버릴 것도 없는
낡고 텅빈 껍질을
온종일 씻어내고 있다.

새벽 산책길에서

바람도 일지 않는 새벽
산책길은 호젓하다
저고리 단추 부딪히는 소리
조그만 소리들이 또렷하다

하루가 깨어나고 있는 것이다
나는 조용히 숨죽이며
그런 조용히는 없을 만큼 조용히
지금 여기에 몰두하고 있다.

내 눈의 안경

무심히 하늘을 보다
파랗게 맑은 하늘 가으로
녹이 낀 안경테 하나
아무도 못 보고 혼자서 봅니다

내 영혼의 성전에 유일한 창窓이 있어
나이들수록 자꾸 눈물이 고이고
닦아도 닦아도 더러워지는
참 까탈스런 창문입니다

안경 너머 세상에는 돗수가 있습니다
안경 무게만큼 무디어진
그런 염치와 편견으로 삽니다

세수할 때는 안경을 벗습니다
잠을 잘 때도 안경을 벗습니다
안경을 벗어두고
내 양심은 비로소
청결한 흑백黑白의 꿈을 꿉니다.

낙엽의 노래

그대 곁에 가을이 남았거든
이쯤에선 보내주어야 한다
더 이상 기웃거릴 잔치는 없다
태풍 루사에 짓밟힌 채로
몸서리치며 허물을 벗고
매미울음으로 매달려 온 9월
놀고 있는 햇빛이 아깝지만
아니 온 듯이 떠날 일이다

아무도 범한 적 없는 산모퉁이
감추어 둔 한 잎의 순결
그 한 잎의 붉은 가슴팍
이슬 젖은 빈손으로
팽팽히 쏟아지는 햇살 붙잡고
허공 중에 낙하하는 추억이여
참을 수 없이 가벼운 날숨
그리하여 가야 할 님의 나라여.

4월의 변두리

곧 된다 된다 하면서
기약 없이 늘어지는 도시개발
겨우내 저당잡힌 붉은 언어들
"고향에서 죽을 시간 좀 달라"
"서민 죽이는 도시개발 결사반대"
이래저래 죽어야 결판날 싸움이다

끙끙대며 한바탕 열병을 앓고
동네 언저리만 맴돌던 바람이
논두렁 검불을 태우는 4월
검버섯 돋은 아내 얼굴이 점점
생전의 장모님 옆모습 같다.

제3부

피아골 드라이브

소록도 가던 날

'문둥이'라고는 부르지 말자고
쉬쉬하며 소록도에 가던 날
문둥이는 하나도 안 보이고
작은 보랏빛 앉은뱅이꽃들이
수줍게 웃고 있었다

문둥이 시인 한하운 홀로
흙바닥에 엎드려 맷돌을 돌린다
뭉개진 아픔을 속으로 새기며
'보리피리' 분다
필닐니리 필닐니리

버들강아지 따먹고 배 앓는 소리
소록도에서는 하지 마라
문둥병자가 아닌 체하며
천사상像 아래서 사진 찍지 마라
하얀 간호사들이 일러준 비밀 하나
한·센·병·은·낫·는·다.

월요일 외출

월요일마다 외출을 합니다
전철을 타고 환승역 통로를 지나
무수한 계단을 오르내리며
빽빽한 21세기 서울공화국으로
그 무정한 인파 속으로
몸뚱이를 밀어넣습니다

그리하여 이 치열한 말세를
온몸으로 느끼며 흔들립니다
한반도 반만년 역사에서
어느 때도 이처럼 잘살았던 적 없는
기막힌 디지털의 테크노피아를
탐하며 살아내고 있는 것입니다

꼬이고 꼬인 아날로그의 태엽을
탯줄부터 얽힌 넥타이를 풀고
1호선 전철을 타고
바깥에서 중앙으로 외출을 합니다.

참된 안식

그대, 여름 오면 무얼 하는가
자신을 너무 학대하지 말게
잠시 부동의 족쇄를 풀고
가벼운 걸음으로 하늘을 보게

천사들도 하나님 앞에서는
바흐를 부르지만
자기들끼리 있을 때는
모차르트를 부른다네

하나님보다 사람이 그리울 때
나나 무수쿠리의 음악에 이끌리고
사는 일이 가끔 눈물난다면
'프레디 아길라'의 '아낙'을
타갈로그어語로 들어보면 어떤가

그러니 친구여, 다시 아버지께로 가세
하늘 아버지는 아직도 찾고 계시네
수고하고 무거운 짐 진 자들아

다 내게로 돌아오라고
내가 너희를 쉬게 하리라고.

피아골 드라이브

시나브로 나뭇잎이 지고
파란 하늘 창窓에 영사되는
실핏줄 같은 가을입니다

날마다 맑아지는 맥박으로
단풍드는 피아골을 드라이브하면서
한 폭 수채화같이 물들고 싶습니다

하나님이 오실 만큼 눈부신 오후
밖에는 피조물들 가득 차 있고
그의 나라로 가는 뒤안길
나그네 하나 서성이고 있습니다.

낙엽을 밟으며

가을이 오면 거리마다
온통 낙엽으로 지천이다
바람에 흩날리다가
구둣발에 밟히고 발끝에 채이고
아주 그렇게 찌그러져 있다

작열하는 태양 아래에서
그토록 오만하게 빛나던
초록의 기억은 희미하다
땅바닥에 짓밟히면서
아무 말 없이 사라지는 법을
몸소 실천하는 무수한 언어들….

평택역* 삽화

그해 봄바람에 모처럼 왔다가
그냥 정붙이고 살기로 했지요
평택역엔 비 오는 날에도
광장 모퉁이 광고판이 골프를 치고
뭘 하러 평택에 왔느냐고
구두닦이가 물었어요
수원도 못 가고 천안도 못 가는 사람이
어정쩡하게 평택에 산다면서
미군부대에, 작전사령부에,
아주 살벌한 곳이라고

오늘도 평택역엔 촛불 들고
미군기지 이전 반대 시위를 하네요
그 곁에는 이방인 서넛이
멕시코 악기로 멕시코 노래를 부르구요
술집 '학창시절' 주인은 색안경 끼고
7080 발라드를 색소폰으로 깔고요
애매한 흑백의 어둠이 깔리면
신호등 없는 사거리마다 주춤거리며

눈치껏 알아서 지나가라 하네요

어디로 갈까 망설이다가

새로 난 전철을 타고 앉으면

소사벌 휘감으며 흔들리는 평택역.

*2004년도의 평택역 이미지이다. 필자는 2004년 봄에 여수에서
 평택으로 이사했다.

새만금 나들이

시월 초순쯤에는 물을 찾아서
새만금, 채석강, 직소폭포
뭐 그런 데로 다녀보면 좋다

33.9㎞를 직선으로 달리는
바다 물길 가로막은 길
참 어이없는 길뿐인 길은
섬들을 잡아다 육지로 만들고
파도를 삼킨 채 시치미떼고 있다
열여덟 개의 거대한 수문이
아가리를 벌리고 바다를 먹는다

채석강에는 바다만 있고
왜 강인지는 말하지 않는다
썰물에 검은 아랫도리 내리던
켜켜이 화석으로 쌓인 비릿한 이야기

무수한 물의 나라 깊은 골짜기
직소폭포를 찾아가면

안내원이 나와 머리 긁적이며
가뭄이라 물이 없다고
폭포에 물이 없다고 미안해한다.

순담과 고석정

조선 순조 때 정승 김관주가
한탄강 기슭으로 쫓겨와
거문고 모양으로
연못 하나 만들었네
연못 안에 순채蓴菜를 심고
순담蓴潭이라 이름했네

내가 수도원에 쉬러 갔더니
게릴라성 폭우에 불어난 흙탕물
가슴 치며 발광하네
순담은 400년 동안 잠잠한데
그 앞 50만 년 묵은 현무암 계곡으로
한탄강이 울부짖으며 소리치네

백정의 아들 임꺽정이
산성을 쌓고 활빈당 만들어
조정으로 상납하는 조공을 빼앗아
배고픈 백성에게 나눠주던
물살 거슬러 서 있는 바위섬

밤새 아우성치는 고석정 아랫물
어울릴 수 없는 것들이 뒤섞이네
고석정에도 순담에도 비가 내리네.

아현역 1번 출구

인터넷 끝에서 우주로 이어지는
거미줄 같은 한강철교를 지나
신촌역을 통과하는 은하철도 999
일상을 벗어나는 비상구를 클릭한다
아~ 아현역에 내리면 버퍼링이 길어지고
깜박, 출구를 잃어버린다
타인들 틈에 채이고 밀려
가까스로 1번 출구를 찾으면
'도서출판 한글'로 가는 외길이다
갈수록 좁아지는 잿빛 네트워크
그물망을 벗어날 수 없다
숨이 막힌다, 이 헐떡이는 별에서
살아남은 자들은 경이롭다
나도 안간힘을 다해 더듬이를 세우고
숨쉬기 운동하러 가는 중이다.

오동도와 동백꽃

오동도는 섬이 아니라 길이라고
바다로 통하는 길이라고
아무도 말해주지 않는다

바람은 바다를 휘돌아
오동도로 불어오고
전라선 종점에 내린 사람들은
서울말 서울걸음 그대로
날기를 잊어버린 타조처럼
뒤뚱뒤뚱 오동도로 가자고 한다

동백섬 시누대숲 틈새에 숨어
바다로 뚫린 샛길을 엿본다
노란 꽃술 붉은 동백꽃에
설핏 입맞춤하고서 바람은
소라바위 병풍바위 용굴을 맴돌다
뚝뚝 핏빛으로 진다
햇살 머금고 잠든 동백꽃이여
떨어져서 더 뭉클한 꽃이여.

여수* 찻집

여수에는
물이 아름다운 여수에는
찻집이 많습니다

돌산대교를 건너서
'장군의 바다'에 앉아서 차를 마시며
이순신 장군을 이야기합니다
그 곁에는 호위하는 '노란 잠수함'
거북선이 떠 있고

지난여름엔 바다를 끌어다
신기동 콘크리트벽에 걸어놓았습니다
'벽에 걸린 바다'

얼음 넣은 냉커피 한 잔이면
아! 너무 시원합니다
여수 밤바다!

*필자는 전남 여수에서 1996년부터 7년 동안 살면서 제자들교회
를 담임하며 목회했다. 여기서 말하는 '장군의 바다', '노란 잠수
함', '벽에 걸린 바다'는 카페 이름들이다.

하회마을 유람기

영국 엘리자베스 여왕도 다녀갔다 카더라
그래서 나도 하회河回마을에 갔었더라
낙동강이 태극 모양으로 돌아나가는 물돌이
대대로 풍산 류씨끼리 살아온 집성촌에
류성룡의 고택 충효당도 숨어 있더라
마을에서는 기중 높은, 높지 않은 삼신당
당나무 새끼줄에 숱한 소원들 매달려 있더라
유교의 본토 하회마을 남촌길 47-11번지는
희한하게도 찬송가 울리는 예배당이더라
초가집 토담길 따라 맨드라미도 피었더라
기와집 사이 텃밭에서는 경운기로 밭갈이하더라
방문 활짝 열고 남정네 하나 인터넷질하더라
모시 두루마기를 입은 우체부가 체부 가방 들고
고무신 신고 쥘부채 부치며 휘휘 지나가더라.

쉐라톤 워커힐의 아침

쉐라톤 워커힐 자리는 어느새
광장동 21번지가 아니라
광진구 아차성길 175번지다
목숨 걸고 싸우던 백제군 고구려군
온달도 개로왕도 사라지고
길 이름이 바뀌고 강산도 변했다
그리하여 7월 19일 오전 5시 35분
쉐라톤 워커힐 825호에서 맞는
저 눈부신 금빛 일출은
강가에 깃들인 어둠을 밀어내고
서울의 어둠 속에 기생하던
무수한 작은 빛들을 일거에
무채색으로 실명케 한다
다시 시멘트 다리를 건설하는
한강은, 역류하듯 천천히 흐르고
산기슭 오솔길로 기어나오는 아침을
나는 이 창가에서 카메라로 잡는다.

환장할 고향길

모처럼 누님하고 아버님 산소에 벌초하러 가던 날. 해마다 가던 길을 내비게이션이 시키는 대로 가 보았지. 전혀 생각지 못한 곳으로 가더니 청리를 지나 곧장 안이실 고개를 넘더군.

세상에! 이런 길이 뚫려 있었구나. 청리면에서 낙동면 수정리로 넘어가는 고개에 재규가 살던 안이실이 숨어 있었구나. 석거실에서 내려오는 자드락길이 골마를 지나 중마로 이어지고 있었구나. 이실 곁에 안이실이 있고, 안이실이 용담보다 더 갑장산 품에 안겨서 있었구나. 태어나서 20년 넘게 살았던 마실을 알다가도 몰랐었구나. 있던 길도 모르고 새로 난 길도 몰랐구나. 묘사 떡 얻어먹으러 몰려다니던 채마밭등 너머 묘들은 사라지고, 저 건너편 한등산 중턱으로 고속도로가 뚫렸구나.

어구산 할매 지팡이 짚고 숨가쁘게 오르시던 꼭두지미 고개를 자동차 타고 질주한다. 알 듯 모를 듯 숨었다가 짠하고 나타난 환장할 고향길이여.

바다 구경

온통 산으로 둘러싸인 어릴 적에
냇가에 앉으면 바다가 보고 싶었습니다
할아버지와 할아버지의 할아버지는
평생을 산 밑에서 농사만 지으시다가
바다 구경 한 번 못하고 가셨습니다
나만 이렇게 홀쩍 떠나와서
산비탈에 지게 벗어 던지고 와서
바닷가에 터 잡고 삽니다
오늘은 배 타고 백도에까지 왔습니다
넘실거리는 검푸른 파도를 보았습니다
상백도와 하백도를 샅샅이 돌아보고
보고 또 보고 실컷 보았습니다
밑도 끝도 없는 바다 구경을 했습니다.

제4부

내 영혼에 집이 있어

아들의 필통

무심코 보았네
아들의 필통에 적힌
어마어마한 이름,
은하의 한구석 태양계 세 번째 별
지구 한국 평택시에 사는
김·신·우·꺼

다시 아주 작은 글씨로 쓰여 있었네
'귀염이 꺼, 안드로메다로 보냄'
반에서 제일 작은 아들은,
낡고 헤진 필통 하나
우주로 소포 보내면서
어린 왕자는 고통스러웠네

몇 해 전 아들의 생일 선물로 준
노란 필통이 점점 눈부시네.

품안의 자식

우리 딸 참한 딸
우리 아들 귀한 아들

아빠 엄마 부르면
우야우야 달려가지

좀 있다 시집가고
장가들면 어쩔꼬.

내 영혼에 집이 있어*

내 영혼에 집이 있어
밤새 문풍지의 말을
바람이 와서 전하고 간다
이불 뒤집어쓴 머리맡에
물사발이 얼어붙던
삼십 년도 넘은 저쪽의 기억이
돌쩌귀 소리로 문을 열고 들어온다
아버님 기침소리로 들어온다

아버님 가신 뒤
문고리 안으로 걸고
가슴에 맺힌 아픔을 녹여
호롱불 밝혀 놓으신 어머니는
헤진 속옷 꿰매다가
손톱으로 이를 죽인다

방구석 귀퉁이마다
숨어 있던 어둠의 영들이
예배당 종소리에 달아나고

어머니와 나는 도랑을 건너

엄동설한 밟으며

새벽기도를 간다.

*이 시는 필자의 문단 데뷔작으로 남다른 애착이 배어 있는 작품
이다. 이 시로 1999년 『문학춘추』 신인상을 받고 등단하였다.

굼벵이를 보며

콩밭 매는 젊은 엄마 곁으로
굼벵이 한 마리 기어가고 있네
굼벵이 주워 입에 넣던 나는
콩밭 고랑을 엉금엉금 기어서
잡히는 것들은 죄다
입으로 가져가던 구강기

여름성경학교에서 비로소 알았네
기어다니는 것과 비늘 없는 것들이
부정하다는 주님의 말씀
사람은 똑바로 서서 걷는다는 것을

뚱뚱한 뱃살로 길 수밖에 없어서
종일 비벼대며 살아야 하는
번데기 앞에서 주름잡는 나날
매미처럼 날아갈 저 푸르른 하늘에서
"너 지렁이 같은 야곱아" 하시네.

엄마 생각

가나안 농군학교
효孝 강의 듣다가

"엄마가 섬그늘에"
다 같이 부르는데

갑자기 간호원 하나
펑펑 울며 나가네.

그리운 아버지*

내 고향 이배미는 용포리 11번지
아버진 모시적삼 풀 먹여 다려 입고
방천둑 아카시아길 노래하며 거닐고

며칠 전 비 오던 날 아버지 산소 갔다가
무너진 봉분 앞에 낙엽 쓸며 생각느니
생전에 그러셨지요 연기처럼 가노라고.

*필자의 아버지는 폐결핵을 앓다가 필자가 초등학교 6학년 때
40대 초반에 돌아가셨다.

한란寒蘭

밖으로 돌던 바람이
들어와 앉아
거울 앞에 다소곳이
머리를 빗는다
님의 은총을 기다리는 듯
긴 순초록의 손을 편다

산다는 게 다 그런가 보다
상처는 쑤시고
손마디는 말라터지고
땡볕에 그을린 맨얼굴이다

그래도 놓아두고 보셔요
화장기 없는 촌년 같은
눈물 같은 그대*
아침마다 물을 주며
꽃피우려 함입니다.

*이 시는 여수에 살 때 아내를 생각하며 쓴 시이다.

키가 작은 사연

키가 작은 내 마음의 아픔을
말하려 합니다
키 높이 구두 신고 발뒤꿈치를 들어도
작을 수밖에 없는 내 혈통은
외할머니도 어머니도 작고 누이마저 작아서
외탁한 나도 작습니다

살아 있는 것들은 크든 작든
나름으로는 우쭐하여
저마다 제 잘난 맛에 살아갑니다

앉은뱅이꽃, 패랭이꽃, 분꽃
예쁜 꽃들은 대체로 키가 작습니다
쳐다보는 꽃보다 내려다보는 꽃들이
더 아름다운 까닭은
내가 교만한 때문일 것입니다
나보다 작은 키를 하고도
기죽지 않고 뽐내며 피어 있다니요

어느 날 키 큰 해바라기를 만났을 때
나는 어디 속하는지 물어봤습니다
키도 작은 게 아니라
키만 작다고 하길래
그만 그 해바라기꽃에 반해
지금 뜰 앞에 심어놓고 삽니다.

어떤 아들

어머니 베란다엔 화분들이 죽어가고
철쭉 하나만 살아 있다
불을 켜지 않은 좁다란 거실에서
보름 만에 찾아온 잘난 아들 위해
양은 냄비에 국수 끓이시는 어머니는
부서져 검은 뿌리만 남은 앞니로
불편한 식사를 참아내신다
아들은 어머니하고 둘이 앉아
쪼글쪼글한 손을 만지작거리거나
검버섯 핀 볼을 물끄러미 바라다볼 뿐
이를 새로 해넣어 드리지 못한다
집으로 모셔와 함께 살지도 못한다
바람처럼 찾아와서 국수 한 그릇 비우고
고개 숙인 채 돌아서는 아들은….

광은기도원 101호

광은기도원 독방에 와서
오프라인으로 좌정하면
문득 하늘나라 왕자이듯
어쩌면 성전의 문지기이듯

허물 벗은 외로운 영혼은
세 평 남짓한 공간에서
가장 부요한 꿈을 꾼다

평생을 장남 맏아들 위해
기도하신 어머니를 생각한다
가족들과 성도들과 동역자들과
나라와 민족을 위해 기도하고
내 목회와 건강을 위해 기도하고
한 바퀴 도는 기도를 마친다

좀처럼 잡히지 않던 기도줄이
초고속 광랜으로 하늘에 닿는다.

독상獨床

변두리의 중앙교회는
멀리서도 보이는 언덕 위에 있다
단옷날 중앙교회 원두막에
시찰회 목사님들이 모였다
상추쌈에 삼겹살 구워 먹고
일용할 양식으로 배가 부르다

그중 제일 키 큰 목사님이
주일예배에 목사님 내외와
성도 한 분만 예배드렸다고
허허 웃으며 털어놓았다
예배를 마치고 성도가 하는 말이
"목사님, 독상 받았습니다."

볍씨의 꿈

항아리 속에 볍씨로 담가져서
보이지 않는 곳으로 나를 감추어
씨앗이 되고 싶습니다
모태에 잉태된 생명이듯
거듭나 싹틔우려 함입니다
살 만한 모든 것이 주어져 있습니다
사랑스럽게 촉촉하게
옥토에 뿌려지던 그 시작으로부터
연한 순으로 자라나고 싶습니다

굳어진 근성의 못자리판에서
뿌리째 뽑혀져도 좋습니다
주인님이 가라시면
어디든 가서 심겨질 뿐입니다
내 것은 아무것도 없습니다
물과 바람과 햇빛을 받아서
100배 60배 30배 열매 맺으려 합니다
주인님 오시어 거둬 가실 그날
토실토실한 기쁨으로 맞고 싶습니다.

지렁이의 변

주님은 말씀하셨지
"너 지렁이 같은 야곱아"라고

낮은 곳으로 어둠속으로
흙더미를 헤집고
숨죽이며 알아서 기는
별수없는 저질이라고

지렁이에게 볕들 날은 죽는 날이려니
악착같이 가늘고 길게 살아야지
한 줄 일념으로 굴절된 세월

뙤약볕이 내리쬐는
시멘트 바닥에 뒹굴며
몸부림칠 어느 날
집단으로 불개미 떼가 달려들어
온몸을 물어뜯는 그런 날이
오기 전에 들을 일이다

벼락같이 쏟아지는 하늘의 뇌성
"너 지렁이 같은 야곱아!"

동해기도원

쉰이 넘도록 처녀인 채로
혼수품 대신 군대 막사를 사서
수도사는 거총하고 해안선을 지켰다
호올로 수절하고 파도와 바람 맞으며
그의 나라 그의 의를 구하고 있다

동해 모퉁이 돌아 길을 찾는 사람들
고아와 과부와 나그네들이 와서
고구마, 호박범벅, 약초즙 나눠먹고
해설피 웃는 세상의 바깥

숙소 창을 열면 벽에 걸린 바다
머리맡에 파도를 베고 눕는다
하나님도 주무시지 않고 지키시는
그 거룩한 초소에서 잠이 든다
동해의 아침은 한꺼번에 기상한다
구령 같은 태초의 파도소리는
새벽을 깨우시는 주님의 말씀이다

철조망 개구멍 밖 모래밭을 걷는다
텅빈 해변의 아침을 밟으며
작은 물새는 파도 앞에 쉬고 있다
다가가도 무섭지 않은 바다
내 영혼 주님 품에 더 가까이 가고자
날갯짓하는 한 마리 하얀 물새.

햇빛

내 발길 쫓아오는 햇빛
한 번도 손잡은 적 없는데
속없는 아이처럼 해맑게 웃으며
화내지도 신경질 부리지도 않고
날마다 내 길을 비추어준다

가난한 디오게네스에게 필요한 것은
알렉산더의 권력이 아니라
알렉산더가 막아선 한 줄기 빛이듯이
내게 필요한 것은 이미 주어져 있었다
햇빛은 어느새 산 너머로 어둠을 만들고
하룻밤의 안식을 선사한다

참 이상도 하다
이 막대한 신의 은총을
사람들은 왜 고마워하지 않는가.

학개 박해경 목사 정년에 부쳐*

학교로 교회로 집으로

개미처럼 부지런히 살았습니다.

박꽃처럼 소박하게

해맑은 웃음으로 수줍게

경건히 빛을 품었습니다.

목숨 다해 걸어온 외길

사무치게 그리운 주께로 가까이

정녕 꾸밈없는 걸음이여

년수가 차도록 오롯하여라.

*이 시는 2018년 4월 8일, 학개 박해경 목사님의 교수 정년 감사
예배 때 필자가 낭송한 축시이다. '학개 박해경 목사 정년'이라
는 9자를 두운으로 하였다.

정장선 시장 취임에 부쳐*

정성을 다해 섬겨온 나날들

장로는 울 것처럼 괴로웠다

선하신 주님이 그를 긍휼히 여기사

시장으로 세우시는 크신 은총이여

장엄한 역사의 뒤안길에서

취하도록 성령에 취하도록 기름 부으사

임을 따라 죽도록 충성하게 하소서!

*2018년 7월 23일, 평택시 정장선 시장 취임 감사예배에서 필자가 낭송한 축시이다. '정장선 시장 취임'이라는 7자를 두운으로 하였다.

따뜻한 사물인식과
생명의 조탁彫琢

-김정덕 문학의 한 표정

따뜻한 사물인식과 생명의 조탁彫琢
—김정덕 문학의 한 표정

김지원

시인, 전 한국크리스천문학가협회장

1.

습작의 분량은 언어의 조탁 능력과 정비례한다.

조탁이란 보석이나 옥 등을 새기거나 쪼아서 다듬는 일인데 문장이나 글을 매끄럽게 다듬는 일과 같은 의미로 쓰이는 말이다. '시'라는 것이 어느 날 길을 가다 우연히 발견한 돌덩이일 수 있고 채굴한 광석일 수도 있지만 그렇다고 그 자체로 보석의 효용과 가치를 지니는 것은 아니다. 따라서 조탁을 해야 하고 절차탁마切磋琢磨의 과정을 거쳐야 하는데 그 후에야 진정한 가치를 나타낸다 할 수 있을 것이다.

시인의 시업詩業은 두 가지다. 하나는 가치를 발견하거나 붙잡는 것이고 다른 하나는 가치를 생산하는 것이니 곧 가치의 재창출이다. 이런 이유로 조탁은 장인 정신의 빛나는 정점으로 가는 끝없는 과정이자 시의 낯설게 하기나 형상화에 필연적인 관계를 갖고 있는 부분이기도 하다. 아무튼 시인에게는 언어의 연마와 새로운 의미로의 형상화 작업은 사명과 같은 것이며 구도자의 길과 같다 할 수 있다. 이는 언어의 연금술사로서 말에 생명력을 불어넣어 되살린다는 점에서 등가의 가치를 가지고 있기 때문이다.

2.

김정덕은 등단 20년을 넘기고 있다.

비교적 초기의 작품이며 그의 등단 작품이기도 한 「내 영혼에 집이 있어」에서 보여준 "밤새 문풍지의 말을/바람이 와서 전하고 간다"는 등의 표현에서 그의 시재詩才를 엿볼 수 있거니와 비교적 최근작으로 보이는 「추억 11」을 포함한 일련의 작품에서는 또 다른 새로운 언어구사 능력을 통하여 사물을 수사修辭하는 방법을 보여주고 있다.

따스하게 젖는다
가만가만 두드리며
하늘에서 떨어지는 무수한
물방울들
지상에 널브러져
햇빛에 달궈진 껍질들을
적신다

내 작은 돌담이 젖고
비닐우산이 젖고
풀을 뜯는 소의 잔등이 젖는다

세상 모든 껍질들이
보드랍고 얇은 사랑스러운 것들이
한꺼번에 젖는다.

-「추억 11」 전문

빗방울에 젖는 모습을 차분한 모습으로 묘사하고
있다. 비가 내릴 때 "지상에 있는 모든 것들은 젖는
다"는 것은 일반적인 표현이다. 물론 "비를 맞는다"
도 동일하다. 그러나 "비에 젖는다"라는 단어가 이 작
품에서는 더 어울린다. 보다 감성적 의미를 가지고
있기 때문이다. 제목으로 정한 '추억'이라는 전체적
인 분위기에 부합하는 언어 선택이라는 뜻이다. 따라
서 비닐우산에서부터 시작하여 유년시절 기억의 한
자락을 생각게 하는 풀을 뜯는 소의 잔등에 이르기
까지 지상에 있는 모든 사물들이 사랑스럽게 한꺼번
에 젖고 있다, 라는 것은 추억까지 포함시키고 있다
는 뜻이다. 시에 있어서 단어 하나의 차이와 토씨 하
나의 차이가 가져오는 미묘한 언어가 지닌 뉘앙스를
이끌어내고 있는 것이다.

아낌없이 낙하하는 햇발들
하루 종일 달려서
바닷가에 모였습니다

통유리를 휘감고
팽팽히 빛나는 그림자
어둠은 저만치 머물고

커피보다 뜨겁고 진하게
팔팔한 낮의 표정으로
말발이 튀는 해거름.
　　　　　　　－「저녁 카페」 전문

　상기의 작품은 황혼을 배경으로 하고 있다.
　저녁 카페에서의 한때 풍경인데 어찌 보면 일상적
인 풍경들이 "하루 종일 달려서 바닷가에 모였습니
다"든지 "말발이 튀는 해거름" 등의 생동감 있는 표
현을 통해서 밝고 투명한 이미지로 창출해 내고 있
다. 즉 김정덕은 이미지를 위하여 언어를 동원한 것
보다 돌출적인 언어의 효용을 통하여 참신한 이미지
로 도치시키는 방법을 쓰고 있다. 아래의 작품도 비
슷한 시기에 발표한 작품으로 유추되는데 다른 점이
라면 계절을 의인화시켜서 전체적인 분위기를 극대
화시킨 점이다.

뒤틀린 오후의 햇살이
저만치 멈춰서
나뭇가지 끝에 걸리고
가을 편지를 띄우는
마른 잎에선 그대
흙내음이 나네요

가만히 기대어 서면
바람소리 같은 속울음
두근대는 심장으로
우두커니 돌아서는 너.
　　　　　　　－「가을 나무」 전문

3.

　연민이란 긍휼과 맥을 같이하며 사랑으로부터 출발한다. 그런데 모든 창작은 사물에 대한 연민으로부터 출발한다고 할 수 있다. 사라져 가는 것들에 대한 연민, 돌이킬 수 없는 시간에 대한 그리움, 그리고 작고 소외된 것들이 내는 소리에 귀를 기울이는 애정 등이다. 즉, 시인이 시적 대상에 대하여 사랑을 가지고 있을 때 그의 말소리가 들리고 침묵의 언어를 이해하며 아름다움을 느낄 수 있다는 뜻이다.

밀리고 밀려서

바닷가 모래밭이다

너의 바다 나의 바다

어디로도 갈 수 없는 경계선이다

거친 파도에 닳고 닳아서

껍데기로만 남은 여기

코로나19가 쓸고 간 시간

벼랑 끝에 벗어두고 왔다

더 이상 버릴 것도 없는

낡고 텅빈 껍질을

온종일 씻어내고 있다.

―「소라 껍데기」 전문

　이 시의 주제는 빈소라 껍데기이다. 이 껍데기는 더 이상 버릴 것도 없이 밀리고 밀려 홀로 바닷가 모래사장까지 흘러온 하찮은 존재이다. 그런데 그가 밀리고 밀려서 온 곳은 삶의 경계라고 봐도 무방할 바다와 뭍이 닿는 지점이다. 그리고 그 경계선까지 밀려온 빈 소라 껍데기가 유일하게 할 수 있는 것이라곤 텅빈 껍질을 온종일 씻어내는 일이다. 어찌 보면 기계적으로 반복되는 무료한 일상이라 할 수 있고 다른 의미로 본다면 삶의 한계 상황까지 내몰린 도로徒勞일 수도 있다. 그런데 김정덕은 이런 모습을 조심스럽게 자신의 모습과 환치시키고 있는 것이다. 즉 자신에 대한 연민을 소라 껍데기를 통하여 스스로 표출하고 있다고도 할 수 있다.

상기의 시에서는 소라 껍데기로 자신을 환치시키고 있다면 다음의 시는 추운 겨울에 피는 한란寒蘭 한 촉을 동원하여 시적 대상을 형상화시키고 있다.

밖으로 돌던 바람이
들어와 앉아
거울 앞에 다소곳이
머리를 빗는다
님의 은총을 기다리는 듯
긴 순초록의 손을 편다

산다는 게 다 그런가 보다
상처는 쑤시고
손마디는 말라터지고
땡볕에 그을린 맨얼굴이다

그래도 놓아두고 보셔요
화장기 없는 촌년 같은
눈물 같은 그대
아침마다 물을 주어
꽃피우려 함입니다.
　　　　　　　　－「한란」 전문

한란은 겨울에 피는 난이다. 모진 겨울을 이기고 피는 꽃이다. 그는 이런 한란의 모습과 아내의 모습을 오버랩시키고 있다. 상처는 쑤시고/손마디는 말라터지고/땡볕에 그을린 맨얼굴로 묘사한다. 그리고 그런 추위를 이기고 마치 님의 은총을 기다리듯 순초록의 손을 펼쳐 꽃피우려 한다 함으로써 아내에 대한 연민을 나타내고 있다. 물론 아내뿐 아니라 아래의 시는 작고하신 아버지에 대한 그리움과 아직 생존해 계신 어머니에 대한 애틋한 감정도 함께 노래하고 있다.

　내 고향 이배미는 용포리 11번지
　아버진 모시적삼 풀 먹여 다려 입고
　방천둑 아카시아길 노래하며 거닐고

　며칠 전 비 오던 날 아버지 산소 갔다가
　무너진 봉분 앞에 낙엽 쓸며 생각느니
　생전에 그러셨지요 연기처럼 가노라고.
—「그리운 아버지」 전문

　-(전략)-
　아들은 어머니하고 둘이 앉아
　쪼글쪼글한 손을 만지작거리거나
　검버섯 핀 볼을 물끄러미 바라다볼 뿐
　이를 새로 해넣어 드리지 못한다

집으로 모셔와 함께 살지도 못한다
바람처럼 찾아와서 국수 한 그릇 비우고
고개 숙인 채 돌아서는 아들은….
ㅡ「어떤 아들」 후반부

　김정덕의 심성은 따뜻하다. 그래서 그가 그리는 사물들은 대부분 그런 인식의 바탕 위에서 쓰다듬고, 생명력을 불어넣으며, 이미지를 나타내고 있다. 특별히 그가 형식상 구분한 4부에 수록된 시편들에서 대부분 나타나기도 하지만 그 밖의 시편에서도 공통적으로 목격되는 부분이기도 하다.
　그러나 아래의 시에서는 전혀 다른 각도에서 자신의 느낌을 시에 접목시키고 있다.

월요일마다 외출을 합니다
전철을 타고 환승역 통로를 지나
무수한 계단을 오르내리며
빽빽한 21세기 서울공화국으로
그 무정한 인파 속으로
몸뚱이를 밀어넣습니다.
-(후략)-

　상기의 「월요일 외출」 같은 시에서는 자신을 "치열한 말세를 온몸으로 느끼며 흔들립니다"든지 「광은

기도원 101호」마지막 연에서는

　-(전략)-

"좀처럼 잡히지 않던 기도줄이/초고속 광랜으로 하늘에 닿는다."
라는 표현을 통하여 순간적인 에스프리가 번득이는 언어 조탁 능력을 보여주고 있다.

　아무튼 등단 20년이 넘은 시점에서 엮어낸 금번 시집으로 김정덕은 그간 자신의 변화된 모습을 보여주고 있는 셈이다. 그러나 그의 작품 면면을 살펴보면 도처에서 더 큰 가능성을 가지고 있는 것을 발견할 수 있다. 고무적인 일이다. 더불어 이런 것들은 앞으로 몇 번이나 더 자신을 뛰어넘어 발전된 모습을 보여줄 것인지 사뭇 기대되는 부분이기도 하다.

내 영혼에 집이 있어

초판 1쇄 발행   2021년 11월 22일

지은이 | 김정덕
만든이 | 이한나
펴낸이 | 이영규
펴낸곳 | 도서출판 그린아이

등록 연월일 | 2003. 12. 02.
등록 번호 | 제2-3893호
주소 | 서울특별시 은평구 녹번로 6-11, 201호
전화 | 02)355-3035
이메일 | gmh2269@hanmail.net

책값은 뒤표지에 있습니다.
잘못 만들어진 책은 바꾸어 드립니다.
무단 전재 및 복제를 금합니다.

ISBN 979-11-91376-04-3(03810)